# Tes seins tombent

W0252430

*À la mémoire reconnaissante, tonique*
*et tendre, de ma grand-mère*
*Dora Garber Needelman.*

Un petit livre
à partager avec
ta grande Janis

Une collection dirigée par Jeanne Benameur et Claire David

*Des textes d'un seul souffle. Les émotions secrètes trouvent leur respiration dans la parole.*
*Des textes à murmurer à l'oreille d'un ami, à hurler devant son miroir, à partager avec soi et le monde.*

La grosseur du caractère a été spécialement étudiée pour faciliter une lecture à voix haute.

Illustration de couverture :
Anne-Marie Adda

Conception graphique : Guillaume Berga
Maquette : Christelle Grossin

© Actes Sud, 2010
978-2-7427-8946-7

*Loi 49-956 du 16 juillet 1949*
*sur les publications destinées à la jeunesse*

D'UNE SEULE VOIX

# Tes seins tombent

Susie Morgenstern

ACTES SUD JUNIOR

– Babieeee ! Mais… ! Tes seins tombent !
Quelle révélation !
Je me déshabille sans complexe devant elle.
C'est évident : je l'ai amenée avec moi par erreur, par culpabilité – il faut quand même de temps en temps… grandmerder.
Elle partage la petite chambre, la moitié du lit, la bombe à moustiques. Elle ne partage pas la parole qu'elle a dû acquérir en treize ans, ni le moindre secret, à peine quelques mots isolés, trop occupée par son téléphone portable.
Je devrais me réjouir d'avoir été honorée d'une phrase entière, même si c'était pour m'informer de cette funeste catastrophe.

Elle est avare de ses phrases qui sont murmurées si vite que, de toute façon, je les entends à peine. J'essaie de la stimuler avec des questions géniales genre "À quoi tu penses ?" qui sont immanquablement suivies d'une plainte : "Babieee !"

Elle m'appelle Babie. Pas mamie, mamou, grand-mère, *granny*. C'est moi qui ai institué ce surnom. C'est ainsi que j'appelais ma grand-mère. En russe, c'est *baba*, en yiddish *bubeh*, francisé c'est Babie.

Je baisse le menton, puis les yeux pour loucher sur la région incriminée. C'est indiscutable, ils sont ramollis et flagadas. Ma mère aurait dit : "Que ce soit le pire de tes soucis !"

Le soutien-gorge se repose donc de son travail urgent de liftage, couché comme un cadavre sur le coin du lit. Il fait trop chaud pour un soutien-gorge, que mes seins pendouillent libres et flasques, on s'en fout ! Quoi qu'il arrive, je mets mon maillot de bain qui va immanquablement susciter d'autres commentaires soulignant mes tares corporelles.

J'aurais dû être flattée qu'elle pense encore à moi comme un être sexué, une femme. Ah, être une femme encore quelque temps ! L'image de ma grand-mère à moi est imprimée dans mon cerveau. Même jeune, c'était un bloc. Je n'ai jamais pensé une minute qu'elle puisse avoir des seins. Ils se situaient quelque part au niveau de sa taille. Elle n'était pas une femelle, elle était juste… ma grand-mère, disons une catégorie au-dessus de tout soupçon, toujours affairée à se dévouer pour nous, ses onze petits-enfants. Deux fois veuve, elle passait d'une maison à une autre. Dans la nôtre, elle allongeait des ourlets, cousait des boutons, élargissait les coutures des robes achetées trop petites en solde, reprisait des chaussettes, crochetait des horreurs, pelait les oignons, épluchait les pommes de terre, faisait la vaisselle. Il n'y avait pas une minute de repos pour ses mains ni une seconde de silence pour sa bouche. À l'époque, il n'y avait pas de psychologie qui interdisait les questions indiscrètes, les reproches superflus, les atteintes à la vie privée. Devant nos protestations, elle déclarait : "Je ne dirai plus rien dans ma tombe !"

La tombe entrait souvent dans la conversation : "Lève-toi, tu auras assez de temps pour dormir dans ta tombe !", ou "Sors, bouge, tu resteras sur place dans ta tombe !", ou "Mange ta purée, tu feras le régime dans ta tombe."

Yona, avec ses splendeurs de seins naissants, se pavane dans son bikini. Le malheur, c'est qu'il n'y a pas de poche pour le maudit téléphone. Ce serait le pied d'envoyer des SMS du milieu de la mer de Cargèse.
Je la contemple. Quel pot de naître comme ça ! Par chance, la génétique a épargné mes petits-enfants. Elle est longue, mince, les jambes jusqu'au ciel, les cheveux abondants, une peau lisse – je parie qu'elle va même échapper à l'acné.
Elle se coiffe. Moi aussi, je peigne mes spaghettis extrafins avec les doigts de ma main gauche, car j'ai trop mal à l'épaule pour lever la main droite. Je n'essaie plus de cacher le cercle chauve au milieu du crâne qui refait surface dans chaque photo, mais je poursuis mon combat contre les racines

blanches. Toutes les trois semaines, je me rends chez le coiffeur me faire tartiner la tête avec ces produits toxiques. Ça brûle, ça dégouline, ça gratte. Je suis condamnée à lire les magazines sur les célébrités que je ne connais pas. Je me cultive à propos de seins qui ne tombent pas des *people*. Nous sommes quelques bonnes femmes déglinguées à feuilleter les *Confidentiel*, les *Closer* avec nos têtes couvertes de boue. On me rince, on me shampouine, on me "crème", on me sèche en tirant fort sur le peu de cheveux qui restent. À la question de la coiffeuse "Qu'est-ce qu'on fait aujourd'hui ?", je réponds : "Du volume !" Elle fait ce qu'elle peut, la pauvre. N'importe comment, c'est une amélioration une fois que le blanc est exterminé. Je sors inévitablement plus belle que deux heures auparavant. Et puis quelques jours plus tard, le blanc des racines pointe de nouveau. Cette bataille mange une bonne partie du budget. Un jour, j'arrêterai cette folie… Dans ma tombe ?

Ses cheveux sont ramassés dans une queue-de-cheval qui bascule allégrement. Ce n'est pas difficile de remarquer qu'elle est une danseuse. De talent ! Pas besoin de lui dire : "Tiens-toi droite !" Elle marche comme dans un ballet. J'essaie de l'imiter. Un kiné m'a donné le secret : "Dressez la tête, le reste suivra !" De lumbago en sciatique, mon dos a une existence douloureuse. "Il faut travailler la verticalité !" me dit le kiné. Les épaules rondes, la tête en avant, le ventre bombé, je suis la gazelle.

Nous avons pris le petit-déjeuner sur la terrasse, la mer étalée devant un horizon aussi proche que le beurre sur la tartine. Le ciel bleu irréel, les oliviers argentés, on ne peut pas rêver mieux.

– Que c'est beau ! dis-je inlassablement pour provoquer une réaction éventuelle, mais elle est aveugle à tout ce qui n'est pas lié à ce téléphone qui absorbe entièrement son attention.

– C'est beau, non ?

Je me hasarde de nouveau.

– Oui, oui… dit-elle, blasée.

Je ne suis jamais allée en Corse avec ma grand-mère, je ne suis pas allée plus loin que le bout de sa rue à Brooklyn. Quand j'étais petite en été, toute la famille de ma mère, tantes, oncles, cousins, grands-parents, nous déplacions aux Catskills, des montagnes à New York. On remplissait la voiture de draps, de serviettes et de casseroles qu'on déménageait dans le "*coch-alein*" (cuisinez vous-mêmes). Chaque famille y louait une chambre. Dans la grande cuisine collective, il y avait dix frigos, dix gazinières et dix tables. Chaque famille faisait la cuisine pour son unité.

Mon grand-père organisait des expéditions et nous ramassions des seaux entiers de myrtilles. Mon père, qui travaillait la semaine, ne venait que les week-ends. Il devait être heureux à la maison sans le harem. Si c'était la solitude et la sérénité que l'on cherchait, on ne pouvait pas la trouver ici à Divine Corners. Les tantes n'avaient que des critiques à notre égard, surtout envers mes sœurs. Les shorts étaient trop courts pour des filles aussi potelées, elles étaient trop maquillées. "Et c'est comme ça que vous vous coiffez ?!"

Elles étaient adolescentes. Chaque bouton était passé en revue. Moi, j'étais petite, je sautais dans la piscine avec mes cousins, loin de la censure des tantes acerbes.
– On y va ? dit Yona, impatiente de se mettre à l'eau.

Il faut marcher trois cents mètres, puis descendre une falaise avec une corde que Nicole, notre hôte, a plantée. Yona y va comme Tarzan. Je suis paralysée de peur. J'ai peur de glisser, j'ai peur de tomber, j'ai peur de me casser. J'y vais tout doucement, agrippée à la corde. Quand j'atterris, la sirène est dans l'eau. Nicole a déjà ramassé avec son filet une flopée de méduses qui gisent sur la plage. On la nomme "la plage Nobel" parce qu'elle est adjacente à l'Institut d'études scientifiques de Cargèse et souvent honorée par la présence de prix Nobel en maillot. Un de ces prix Nobel, ce grand bel homme avec son regard bleu – on se croirait dans un film d'Hollywood quand on le voit –, est le voisin de Dan et Nicole, mes meilleurs amis qui ont acheté la maison d'un astronome. Je n'étais pas contente parce que cet achat me les enlevait tout l'été. Je refusais d'y aller, je les boudais. Dan me disait : "Un jour tu viendras et tu regretteras chaque minute que tu n'as pas passée ici." J'ai craqué. Il avait raison. Je viens tous les ans, mais demander une invitation pour cette môme a été dur, même à mes meilleurs amis. On supporte les siens, pas ceux des autres.

Mon voisin Nobel de plage est là avec ses enfants et ses petits-enfants, ce qui fournit de la compagnie à Yona. Elle n'a aucun problème à s'intégrer dans le groupe de jeunes. Et avant même que je m'en rende compte, elle monte sur un bateau avec les autres et disparaît, sans crème solaire, sans serviette, sans t-shirt, sans chaussures, sans me dire quoi que ce soit. Sa mère va me tuer !

J'ai élevé mes enfants aussi bien que j'ai pu en collant à la définition de Winnicott pour être une mère "suffisamment bonne". Est-ce que JE les ai élevés, ou se sont-ils élevés tout seuls ? Disons que j'étais le témoin amoureux de leur évolution. J'ai adoré chaque étape. C'était la plus grande aventure de ma vie. Je suis encore hantée par les soucis pour leur bien-être, mais j'ai pris ma retraite. Je n'ai personne pour qui préparer le petit-déjeuner et les autres repas. Je suis sans contraintes, sans obligations, LIBRE ! Mais je vis dans la nostalgie de l'enfance de mes enfants. Quelle période faste, stimulante, remplie de surprises et de l'espoir en leur surpassement ! Une de leurs (multiples) bonnes notes me transportait. J'avais un projet, une responsabilité, un but dans la vie. J'avais une certaine autorité, possession, obsession. J'avais aussi de la conversation, même si cela se réduisait à : "Range ta chambre !" ou "Mets ton pyjama !"

Le "grandmerdage" est moins satisfaisant maintenant. Ce ne sont pas MES enfants. Ce n'est pas moi qui décide. Je me suis battue pour le bilinguisme de mes enfants. Je faisais la sourde oreille quand elles me parlaient en français. Puis quand Lili a été enceinte, je l'ai harcelée : "Tu vas lui parler en anglais, hein ?" Le "hein" menaçant.

"Maman ! Je parlerai ce qui vient naturellement."

Ce qui est venu ne fut pas la langue de Shakespeare ou de Philip Roth. Je la harcelais de nouveau : “Quel dommage de la priver d’une langue supplémentaire ! Quelle bêtise de ne pas lui parler en anglais !
– Mais c’est toi qui vas te charger de lui parler en anglais…”
Moi ?
Je m’appliquais. Yona me regardait comme si j’étais un monstre d’outre-monde. Chaque fois que je sonnais à sa porte, moi, sa grand-mère, de ces grand-mères aimées, adorées, idolâtrées, elle ouvrait la porte, pointait son doigt sur moi et hurlait : “Oh non ! Pas ça !”
Je persistais en essayant de l’embrasser – en anglais ! *“How’s my best girl ? How’s my cutie pie ? How’s my honeybunch ? How’s my lovebug ?”*

Elle me détestait. Quand elle sut bien parler, je continuai à lui casser les pieds avec mon charabia. Elle me fixait avec toute l'hostilité accumulée et elle me crachait : "BLA BLA BLA !"

Yona a donc disparu en mer. Et moi, je n'arrête pas de craindre les coups de soleil, le refroidissement, la famine, le mal de mer, le naufrage. Je regarde au loin : plus de bateau, plus de petite-fille. Je ramasse son sac à dos, son téléphone. À qui pourrais-je téléphoner ? Les autres parents des égarés me rassurent. Ils reviendront !
Mais elle ne revient pas. Je monte aider Dan à préparer le déjeuner. Il me donne des ordres. Je coupe, je hache, je mets la table. Pour trois ou pour quatre ? J'adore être deuxième chef, exécuter sans réfléchir.

J'adore notre trio – on a un dialogue ininterrompu depuis trente-cinq ans. On parle de Karine, de Serge, de Mayah, des pièces rapportées, des amis de la plage, de mon nouvel amoureux.
Ils étaient à mes côtés pendant la longue maladie de Jacques. Ils ont été les premiers à avoir le coup de fil fatal et les premiers à courir chez moi. Ils se sont acharnés à m'inviter, à m'entourer, à me choyer. Ils ne savaient pas peut-être que je me levais et me couchais tous les jours en sanglots. Je fonctionnais : je faisais mes cours, j'écrivais, j'étais sociable. Mais je ne concevais pas l'idée d'un autre homme. J'avais quarante-neuf ans quand Jacques est mort. À quarante-neuf ans, quelques mois après, je suis devenue la grand-mère de la disparue en mer. À cinquante-neuf ans, mon

gendre me déclara avec gravité : “Tu es encore potable !”
Il a mis mon “profil” sur un site web de rencontres et je suis redevenue une adolescente. Chaque candidat qui me contactait me remplissait d’espoir et de promesse d’amour pour toujours. Je ne savais pas que c’était un assortiment d’hommes mariés en fugue provisoire, des divorcés amers, des coléreux, des jaloux, des mecs en faillite générale, des tarés.
*Okay*, ça suffit ! J’ai eu ma vie amoureuse. J’ai connu le grand amour, il faut accepter l’après. J’ai toujours cru qu’une femme qui s’arrête de faire l’amour est une sorcière. La définition même d’une sorcière est pour moi celle qui a pris ses distances de l’amour physique.
*Okay !* Je gagne ma vie. J’ai des enfants, des petits-enfants, des gendres que j’aime,

des amis. J'ai toujours besoin de justifier cette vie, de justifier chaque pas, chaque geste, chaque achat (même une culotte !) mais pas chaque… calorie !

*Okay ! Basta la pasta !* C'était suffisant. Je n'avais connu qu'un seul homme et je voulais savoir s'il était représentatif, je voulais découvrir d'autres spécimens, je voulais devenir une femme fatale sur le tard. Mais c'était trop de déceptions. Jacques resterait mon premier et mon dernier amour. Décidé. Terminé !

Puis je suis allée à un Salon du livre à Yverdon en Suisse. La directrice du collège nous a donné des entrées pour les bains thermaux. On s'y est rendus avec Pierre, mon ami "héroïque fantaisiste". On était aux anges tous les deux dans le bain japonais. Il y avait pléthore d'hommes à cheveux blancs, ma catégorie d'âge. J'ai dit à Pierre : "Je trouverai peut-être une victime ici !" Quelle idée !

C'était ma première rencontre avec la Suisse, les filets de perche et des automobilistes qui respectent les passages cloutés. Après ma région méditerranéenne, la Suisse me semblait hautement civilisée.

Sur quoi, le site web de rencontres me signale par mail : "Vous nous manquez ! Revenez pour trois jours gratuits."

Je fonce sur le site web, je fais du lèche-vitrine et je déniche sous la rubrique "nouveau" un petit Suisse, un mètre quatre-vingt-douze, veuf, parlant plusieurs langues dont l'hébreu. Je clique et j'essaie de me vendre (en solde !). Il me répond, pas comme cet Anglais de Bristol qui m'écrit uniquement en rimes, pas comme le cow-boy de Californie qui avait tant de verve, de style, de punch, mais honnête, direct, quelques tournures de phrases qui m'ont émue. Il avait accompagné sa femme, malade du cancer, jusqu'à la fin exactement comme moi pour Jacques. Amoureusement. Je comprenais donc pleinement son chagrin, sa solitude, sa lutte pour continuer à vivre avec ce grand trou dans le cœur et dans le lit.

Lui était tombé sur ce site en lisant le journal sur le web. Trois jours gratuits et il y était allé aussi, plus hésitant que moi, sans y croire, mais "puisque ça ne coûte rien…". Il n'a pas cru que j'étais écrivain avec tant de livres – on était tous les deux habitués aux bobards des internautes. Nous correspondîmes calmement pendant quelques mois. Je n'étais pas prête à déposer de nouvelles illusions sur son compte.

Pendant un long séjour à Paris, je lui ai écrit : “C’est la première fois depuis des années que j’ai deux jours libres entre mes obligations. J’irai au musée !” La réponse instantanée : “J’arrive par le prochain train.”

Voilà un homme qui prend des décisions ! J’aime ça ! Je l’ai attendu avec ma mèche rose et mon manteau rose à la gare de Lyon. Je l’ai remarqué tout de suite à partir de la photo d’identité d’il y a vingt ans sur le site. Un homme grand, voûté, avec des oreilles comme des ailes. Je n’avais jamais vu de telles oreilles de toute ma vie, même pas en photo.

Ce n’était pas son seul défaut.

Il a soixante-quinze ans pour mes soixante et un. Le résultat de la soustraction est quatorze ans. Il n'est pas un jeune soixante-quinze pimpant, mais porte son âge dignement.

Il a un long nez crochu, des lunettes à double foyer, des taches que je reconnaissais comme le cancer de la peau sur le front, un assortiment de dents partant dans plusieurs directions et de couleurs différentes, y compris en or. Il faisait penser au stéréotype antisémite du juif.

Il est timide et réservé. Il était tellement timide qu'il n'avait pas eu le courage d'aborder une femme avant ses trente ans.

Sa langue natale est le suisse-allemand. Son français est hésitant, son anglais encore plus, mais son hébreu coule librement. Il parle si lentement qu'on a tout le temps envie de finir ses phrases.

Il n'est pas un intellectuel, mais il a écrit un livre sur l'histoire de sa famille. Il réfléchit,

il a des idées originales. Il est bizarrement marginal.
Il n'a jamais eu de voiture de sa vie, ne sait pas conduire, mais il connaît l'horaire des trains par cœur. Pour moi l'Amerloque, un homme qui ne conduit pas, c'est comme un homme sans zizi.
N'empêche que…
Il est totalement content de ce qu'il a. D'un coup d'œil, on saisit sa décence, sa douceur.
Il est dans un état de choc et d'incrédulité d'avoir trouvé cette bombe (moi !) en tapotant sur son ordinateur.
Je ne sais pas ce qui m'a séduite. Je pense que je voulais le récompenser pour son voyage, pour son audace, pour ses souffrances. Je le trouvais méritant.
Je l'ai présenté à ma petite-fille, la même qui se trouve au milieu de la mer. Elle lui a

dit un bonjour glacial comme une claque, presque une répétition de son : “Non ! Pas ça !” Heureusement ses parents étaient plus chaleureux.
Elle m’a chuchoté :
“Babieeeeee !
– Oui…
– Tu as vu ses oreilles ?
– Oui, il a de grandes oreilles.
– Et toi tu couches avec lui ???”
Je ne lui ai pas dit que l’on ne couche pas avec des oreilles. Elle a été odieuse avec lui. Il me consolait : “Elle ne veut pas partager sa Babie !”

Je commence à imaginer mon coup de fil à ses parents. Comment allais-je annoncer que leur fille, 18,5 de moyenne générale, déesse de la danse, diva du violoncelle, adepte de la boxe française, était perdue en mer ? Toutes ces leçons, tous ces trajets au conservatoire, toutes ces partitions, ces cours, tous ces shampoings anti-poux, visites chez le médecin, une semaine à l'hôpital pour l'appendicite, puis péritonite, SOS Médecins dans la nuit pour les otites, des rhinopharyngites, des angines, des chutes, des insomnies, tout ça et tout l'investissement d'espérance et voilà qu'elle se perd en mer à cause de sa grand-mère écervelée.

Normalement, du temps où nos rythmes d'été corses suivaient une routine, on faisait la sieste, répartis dans divers hamacs sur la propriété, moi entre deux chênes avec un gros pavé à me balancer doucement dans le vent léger, une oasis dans l'oasis. Pur plaisir et insouciance. Du temps où…

J'ai troqué cette tranquillité contre une nouvelle descente à la plage. Du haut de la falaise, je scrute la vaste mer. Si je me concentre fort, elle reviendra. Oh Dieu ! Si je reste là à veiller, elle vivra. S'il vous plaît ! Si je ne respire pas, elle paraîtra. Pitié ! Je renoncerai au chocolat pendant trois ans ! Je ne lirai plus de policiers ! Je ne dirai plus de mal de personne ! Je fais des vœux, je prie, je meurs, je reste sur place comme la femme de Loth jusqu'au moment où Nicole arrive. Elle nage des kilomètres trois fois par jour ; palmes, masque, une vraie pro. Elle fait de la planche à voile aussi. Et du ski. Elle coupe des arbres avec la tronçonneuse. Elle peut tout faire, cette petite superwoman, corps d'adolescente, force, discipline. Dan l'appelle Madame Sans Relâche. Elle a deux ans de plus que moi mais elle, elle bouge, elle agit, elle fait. Peut-être qu'elle saura ramener ma petite-fille des profondeurs…

– Ils ont téléphoné ! Ils reviennent ce soir.

La seule question qui me vient à l'esprit, c'est :

– Est-ce qu'elle a mangé ?

– Ils ont mangé une crêpe sur la plage.

Ouf !

Mais je le croirai quand je la verrai. Je ne baisse pas ma garde.

Au lieu de nager avec Nicole, je regagne mon hamac, mon livre, ma sieste. Puis plage avec Dan qui fait de la plage comme il fait du ski, de l'après-plage. Il se mouille et il lit. C'est le seul homme que je connaisse qui lit autant de fiction que moi. Il est ma source intarissable de nouveaux livres. Il est ma bibliothèque. Son goût pour les policiers loufoques n'est pas toujours ma tasse de thé, mais j'essaie tout et souvent on tombe d'accord. À Cargèse, je suis son ombre. Le matin, on fait les courses ensemble avec une halte au café, on prépare les repas ensemble, on mange ensemble. Nicole est contente quand je suis là parce que je l'occupe et elle peut nager jusqu'à Tombouctou.

Dan me montre toutes ses astuces de cuisine. Je suis son apprentie fidèle. Lui, il aime que je sois là parce que je bois avec lui. Nicole ne boit pas. Elle ne mange pas non plus. Une fois, Dan a dû aller à Paris, elle a oublié de manger pendant trois jours. Quand tous nos enfants étaient petits, ils pensaient que ça aurait été mieux que les deux Amerloques, Dan et moi, soient un couple et les deux Français, Jacques et

Nicole, un autre. C'était un simple problème de permutation.

Après le dîner, je retourne à la plage. J'attends là comme une femme de pêcheur après une tempête. J'alterne entre la foi et le désespoir. Il fait nuit noire. Comment je vais remonter la falaise ? Comment négocier le chemin jusqu'à la maison ?

Il y a des yachts dans la baie. On les déteste. Ils déversent leurs ordures et font du bruit. Et puis d'un coup il y a des petites vagues, des éclaboussures, des clandestins qui atteignent la rive.

Et elle est là. Je suis submergée de joie.

Mais je veux la tuer !

J'ai apporté une serviette, ses sandales, un sandwich. Elle tremblote. Elle fait le tour de toutes les joues pour dire bonne nuit, à demain.

On fait la route périlleuse et, d'une façon ou d'une autre, on arrive à notre chambre. Je vois qu'elle est cramée, rouge vif, en feu. Je lui mets de la crème, à peine, ça fait trop mal. Ce n'était pas le moment de l'accabler, de la culpabiliser.

– Tu ne m'as rien dit. J'étais folle d'inquiétude.

– Ça s'est passé comme ça, vite vite. On est montés sur le bateau de Pierre. Je pensais juste faire un tour. Mais ils ont téléphoné à Nicole…

Chaque mouvement lui fait mal. C'est une torture de se mettre au lit. Sa mère va m'engueuler. J'ai eu des instructions (crème solaire !).

Elle a treize ans. Bientôt elle s'évaporera dans la nuit, dans les boîtes, avec une bande, avec un mec !

Est-ce qu'elle va boire de l'alcool ? Est-ce qu'elle va fumer ? Oh ! Dieu de miséricorde ! Est-ce qu'elle connaît l'existence des préservatifs ? Est-ce qu'elle va réfléchir ? Peut-on lui faire confiance ? Comment puis-je lui inculquer tous les dangers en une semaine ?

Mes enfants étaient pathologiquement sages et studieux. Je n'ai pas l'expérience de cette époque si menaçante et toxique. Comment protéger nos enfants, voire nos petits-enfants ? Mes enfants n'ont pas eu de télé ; mes petits-enfants ont des ordinateurs, des Game Boys, des DS, des Wii, des iPods, des téléphones. Mes enfants ont eu des livres.

Est-ce qu'elle sera un "*mensch*", un être humain pleinement humain, plutôt qu'un être relié à de l'électronique ? Un visage sur

Facebook avec mille photos pour exister ? Est-ce qu'elle sera généreuse offrant un bonjour, un sourire, une pression de la main droite (mais elle est gauchère !) ? Est-ce qu'elle tentera de provoquer la vie autour d'elle ? Posera-t-elle des questions ? Aura-t-elle un élan vers les autres, en dehors des personnages de ses séries de télé américaines ? De la gentillesse, par exemple, envers son petit frère qui l'idolâtre ? De l'empathie, pourra-t-elle se mettre à la place de quelqu'un et comprendre ses problèmes ? Sera-t-elle capable de dire "J'ai tort !" ? Sera-t-elle apte à changer, ou à être juste, être drôle, légère et grave, concentrée et distanciée ? Aura-t-elle des gestes qui consolent ? Essaiera-t-elle de comprendre, de s'impliquer, de s'engager ? Pour l'instant elle dort. Y a-t-il un "*mensch*" dans mon lit ?

Quand elle se lève, elle n'entend pas le cui-cui des oiseaux, le crépitement des vagues. Elle ne regarde pas le soleil qui renaît, ni l'aloès en fleur. Elle n'est qu'une longue lamentation de brûlée vive. Elle met un t-shirt et le bas du bikini et nous prenons le petit-déjeuner en silence.

Pour parler, il faudrait avoir quelque chose à dire. Je cherche à mettre un pied en travers de la porte de sa tête, m'y introduire, mais je n'ai pas la moindre idée. Je ne peux plus poser de questions sur l'école ("Ça se passe bien ?") puisqu'elle est en vacances. Le sens de la vie ? La mort ? L'amour ? L'amitié ? ("Est-ce que tu t'es déjà brouillée avec une amie ? – Non, non." Fin de discussion.)

J'ai une liste de questions dans ma tête :

"Est-ce que tu penses que les jeunes devraient être protégés du malheur ?"

“Qu’est-ce que tu vas retenir de ta jeunesse ?”
“Est-ce qu’il vaut mieux avoir des rêves et des projets irréalisables que pas de rêves du tout ?”
“Qu’est-ce que tu veux que l’on dise de toi à ton enterrement ?”
“Qu’est-ce que tu aimerais faire dans dix ans ?”
“Quelle est ta plus grande déception, ton échec majeur ?”
“Est-ce que tu préfères une vie passionnée et brillante, mais torturée, ou une vie sans imagination mais simple ?”
“Qu’est-ce que tu ferais si tu n’avais pas d’inhibitions, si tu pouvais t’éclater ?”
“Qu’est-ce que tu aimes le plus dans la vie ? Le moins ?”
“Quel genre de choses sont trop personnelles pour discuter avec d’autres ?”

"Qu'est-ce que tu juges le plus important dans une relation d'amitié ?"

"Est-ce qu'il y a des choses trop graves pour en plaisanter ?"

"Si tu pouvais changer quelque chose dans la façon dont tu es élevée, ce serait quoi ?"

"Si tes amis ou ta famille pouvaient te dire exactement ce qu'ils pensent de toi, est-ce que tu aimerais l'entendre ?"

"Et le sexe, est-ce qu'il fait consciemment partie de ta vie ?"

"À quoi aspires-tu le plus dans la vie : les accomplissements, la sécurité, l'amour, le pouvoir, la passion, le savoir ou autre chose ?"

"De quoi rêves-tu ?"

"Dans ta vie, de quoi es-tu la plus reconnaissante ?"

"Est-ce que tu détestes quelqu'un ? Pourquoi ?"

“Si tu pouvais te réveiller demain en ayant acquis un talent ou une qualité, ce serait quoi ?”

Pourquoi je n’arrive pas à lui parler de tout et de rien, des petits riens, comme avec mes copines, avec mes sœurs ? J’aimerais tant être sa copine, en plus de sa grand-mère tartine-confiture (“Tu veux encore un toast ?”). Dan a acheté un four à toast sophistiqué. Je préfère qu’elle n’y touche pas. Je suis maladroite dans une cuisine étrangère. Nicole n’aime pas ma technique pour laver la vaisselle. C’est difficile d’être une bonne invitée… avec une ado à la traîne.

On descend ensemble à la mer, une scène de film muet. Il y a des vagues énormes. Elle s’y précipite, moi, froussarde, pas ! Elle saute, elle vole, elle rigole avec la bande de fous. Je regarde, jalouse. Je n'ai jamais eu de courage physique. Tout mon stock de bravoure est dans mes fesses. Je peux rester collée des heures et des jours à la chaise de mon bureau. Nicole a déjà fait son premier exploit à la nage. Puis elle s'occupe de la manutention. Je sors mon livre, mais je ne lis pas. Petit à petit, les voisins de plage arrivent et il y a toujours quelqu'un avec qui parler ("Comment ça va depuis l'année dernière ? Quels voyages ? Quels ouvrages ?"). C'est facile de parler, de raconter. Une fois par an !

Je regrette qu'Anne-Emmanuelle soit partie avant que je n'arrive. Ses parents sont là, si beaux (pas étonnant que le produit de leur amour soit la perfection !). Je frime en montrant celle qui vole sur les vagues. J'avais la même sensation de fierté en exhibant mes filles. Comment est-il possible que ces grosses têtes aient démarré dans mon ventre ? Je sais que je n'ai rien fait de mieux.

Véronique est sur la plage avec son visage et son cœur pleins de compassion et son corps… comme le mien ! Ses trois fils colombiens sont dans l'eau avec mon ado. La matinée passe agréablement. L'ado a oublié sa peau cramée et sa grand-mère, mais elle me fait signe de la rejoindre dans la tempête. Elle est folle ou quoi ?

Quand Dan se lève, je le suis pour l'aider. Les déjeuners sont simples et sophistiqués. Une tomate et toute une panoplie d'herbes à couper. La tomate est justement le nœud du problème. Yona DÉTESTE les tomates ! Elle ne peut même pas manger un aliment qui a eu la mauvaise idée de séjourner dans la même assiette ou la même casserole.

Alors avant que Dan n'ajoute les tomates à la salade, j'en enlève un peu dans un bol minuscule pour mon archiduchesse. Dan me crie, menaçant :

– Oh non ! Il y a un seul menu ici ! Elle n'aime pas ; elle ne mange pas !

Il a raison ! (A-t-il raison ?)

Ce n'est pas le seul problème : il y a des guêpes ! Elle est terrifiée. Elle n'arrête pas de gesticuler, de gigoter, de se trémousser en gémissant :

– Aieya !

Dan est à bout de nerfs, Yona aussi. Nicole et moi sommes résignées. Ce n'est pas un déjeuner de tout repos.

Et Yona ne voit pas l'utilité de l'institution qui suit le supplice du déjeuner (elle a mangé un œuf dur), mais moi, je ne peux pas exister sans faire la sieste. C'est notre routine corse, un hamac par personne. J'adore le hamac ; j'adore moins le partager avec elle. Elle se tortille pour trouver une position. Elle n'aime pas lire, mais elle lit. Lis ou crève ! Je lui ai apporté trois gros pavés. Curieusement, plus c'est gros, plus elle est prête à plonger. Elle a lu *Harry Potter* en boucle. *Twilight* en français et en anglais. Elle connaît les quatre volumes par cœur. D'habitude en Corse, je lis un roman par jour. On se balance. Mes yeux se ferment après quelques pages.

– Mais comment peux-tu dormir ? On vient à peine de se réveiller !

– On est plus fatigué en vieillissant. Donne-moi dix minutes et je suis renouvelée.

– Mais tu n'es pas fatiguée ! Tu n'es même pas allée dans l'eau.

Je suis très douée pour dormir… mes cinq heures par nuit. Comment expliquer que, comme le soleil en hiver, il y a trois minutes de moins tous les jours… jusqu'au moment où tu te rendors éternellement. D'habitude quand je me réveille à trois heures du matin, je lis. Mais avec cette peste dans mon lit, je ne me permets pas d'allumer la lampe. J'attends le matin en me morfondant, obligée de pratiquer l'activité que je déteste le plus : réfléchir !

– On y va ?

– Tu peux y aller si tu veux. Tu connais le chemin.

Elle ne veut pas faire les trois cents mètres sans moi. À son âge, ma grand-mère, bien avant d'être ma grand-mère, petite Dvora Garber, avait quitté la Russie toute seule ! Dans le ventre d'un navire en ruine, en classe bétail, elle avait traversé l'océan furieux, ses tripes tanguant, malade et seule au monde. Ma pauvre grand-mère qui s'enfuyait sur le pont pour vomir discrètement, sans savoir ce qui l'attendait, qui, même soixante-dix ans après, ne parlait pas correctement l'anglais. On s'amusait à se moquer de son anglais, comme mes petits-enfants de mon franglais. Je suis punie pour ma méchanceté !

Elle était arrivée après des semaines de voyage épouvantable, amaigrie, effrayée, mais étrangement confiante, à Ellis Island, la terre des rêves, le "*goldeneh medina*", l'Amérique dorée. Elle ne parlait pas un mot d'anglais, elle, l'aînée de la famille, chargée de trouver le moyen de gagner les billets verts pour faire venir ses trois frères et sa sœur, les seuls survivants des dix enfants nés de ses parents.

Partir de Russie n'était pas une grande décision. Comme pour les milliers d'autres juifs comme elle, c'était un choix entre la promesse de mieux ou les pogroms, les viols, les massacres. C'était la seule chance : quitter mère et père, famille, et tout ce qui lui était familier. Quitter sa langue, son paysage, ses brins d'herbe, ses pierres, son pauvre chez elle.

Et ma Yonette décide enfin, excédée par mon immobilité endormie, d'aller à la plage de la plus belle île du monde toute seule, la malheureuse.

Dvora, vite devenue Dora, n'était peut-être pas toute seule en Amérique. Dans une illustration du dicton “Il vaut mieux être seul que mal accompagné”, il est possible que son père l'ait précédée et l'attendait dans sa chambrette située dans les bas quartiers de Manhattan. C'était un homme méchant, difficile, hargneux, connu dans la famille comme étant un coureur de jupons. Il fallait qu'elle s'occupe de lui. Je ne suis pas sûre, j'étais trop bête pour savoir qu'il faut poser des questions, connaître le passé quotidien de ses grands-parents, se mettre au courant d'où l'on vient. Je ne suis qu'un immense grand regret.

Elle était néanmoins abandonnée, même si elle était affublée d'un père grincheux. Sans doute par le réseau des *"landsmen"* (gens du vieux pays), elle a tout de suite trouvé un travail, semi-esclavage dans un de ces *"sweatshops"* (atelier de sueur) où elle cousait des bouts de vison et les doublures dans une fabrique de manteaux de fourrure.

Comment se serait-elle sentie, ma Yonette-de-la-plage, dans l'hiver new-yorkais à labourer, ses doigts en sang, quatorze heures par jour dans des conditions insalubres, cette Yona, destinée à une grande école ou un orchestre symphonique ? Et par la même occasion, moi ! Comment aurais-je fait face ? Est-on héroïque par circonstance ou par naissance ?

Après la plage, après la douche, toute proprette la Yonette est prête pour dîner dans ce cadre de film hollywoodien, la lune sur la Méditerranée, la petite brise, le loup grillé au barbecue de Dan, les bougies, l'affection d'une authentique amitié et Yona gémit :

– Y a des arêtes !

Ma grand-mère avait perfectionné à quatorze ans son plan de survie pour tout le reste de sa vie : elle avait inventé le "*doggie bag*". Tout ce qui restait sur une table, pain et même beurre, allait direct dans l'énorme sac qui était toujours avec elle. Elle marchait des kilomètres parce qu'elle avait entendu qu'on vendait une salade un penny moins cher. Elle ne chauffait pas en hiver, un peu de froid ne tue pas, mais la chaleur, ça coûte. Plus tard, le poulet rachitique qu'elle achetait vivant servait à nourrir ses cinq enfants, leurs époux, les petits-enfants… pendant deux jours.

J'adorais passer le week-end chez elle dans l'appartement de poupée à Brooklyn où elle installait deux chaises face à face pour nous fabriquer des lits. De mon New Jersey pastoral et mort, ces rues animées avec les vendeurs de mets d'Europe de l'Est, dans la foule avant la tombée de la nuit, c'était pour moi mieux que la grande foire. Puis les nombreux cousins, plus jeunes que moi, des rustres, car ils habitaient Brooklyn

alors que nous vivions dans le New Jersey – mais j'étais jalouse d'eux !
Dora s'était habituée très vite à sa nouvelle vie même si la vie était dure pour une adolescente qui n'en avait jamais été une et même si les rues n'étaient pas pavées d'or. Petit à petit, elle avait aidé toute la famille à venir. Mon grand-père, Max Needelman, tailleur, est entré dans sa vie. Ils se sont mariés et elle a accouché de cinq enfants étalés sur vingt ans. Sa vie en Russie n'était jamais évoquée. Elle était cent pour cent américaine. Son plan de survie avait marché.
Ma Yonette, a-t-elle un plan de survie ? Elle fait ses devoirs, répète son violoncelle, danse. Tout lui est donné, sauf l'immense effort talentueux ! Ce n'est pas de sa faute ! Que ça continue ainsi pendant toute sa vie ! Peut-être trouvera-t-elle d'autres formes

d'héroïsme. N'est-elle pas déjà héroïque dans son excellence ?

Pour l'instant, elle fixe avec horreur mes orteils. Y en a dix ! Même si j'ai les pieds démesurés, j'ai toujours eu de jolis orteils. Mais depuis un an, ils ont une vie autonome, chacun poussant dans une autre direction, en se tordant... et pas de rire ! Je regarde, impuissante, cette révolte des doigts de pieds. Ils commencent à ressembler à des crochets. Ça fait mal en plus. Les orteils en marteau, on peut les faire opérer, m'a dit le chirurgien orthopédique, mais ce n'est pas simple.

Je suis le témoin consterné des surprises que nous prépare le corps, encore heureux que ce ne soient pas les doigts des mains. Je continue d'avoir cette petite coquetterie qui consiste à me vernir les ongles des pieds, plus pour les cacher que pour faire joli. Les ongles des gros orteils sont comme l'écorce d'un vieil arbre. Pour les couper, il faut un coupe-ongle géant et autres outils pour creuser dans les coins et extraire les parties incarnées qui semblent toucher tous les nerfs du cerveau. Je peux à peine les atteindre, ces ongles qui sont de plus en plus loin de ma raideur.

– Babie ! Qu'est-ce qui est arrivé à tes orteils ?

C'est gentil de montrer sa compassion pour mon anatomie défaillante. Je lui fais une visite guidée de toutes les régions où le désastre frappe. Ma mère me prévenait aussi comme une diseuse de bonne aventure. Les veines des mains, autrefois invisibles, sont des serpents venimeux qui se terrent sous la peau. On continue la tournée avec les taches brunes, les kystes de graisse, les bleus qui apparaissent sans qu'on le leur demande. La peau flasque là où elle était ferme. Les jambes comme une carte géographique remplie de rivières sinueuses. Ne parlons pas des rides, ni des os poreux, des muscles relâchés, des artères qui rétrécissent et du cerveau qui a égaré ses neurones. Taisons les fluides qui se dessèchent et la sexualité qui se ratatine. Cela ne nous empêche pas de dormir, quoi que pour moi ce soit de plus en plus un défi.

Elle se lève guillerette. Oh ! Dieu ! que je suis contente qu'elle soit contente ! Nicole me dit que son amie Éléonore lui a téléphoné pour nous inviter à dîner avec Stephen Hawking.

– Tu plaisantes ?

– Pas du tout ! Il fait une conférence à l'Institut et il vient chez elle ce soir. Je pense

qu'elle nous invite en renfort et qu'elle redoute de le recevoir seule.
Je suis tout excitée à l'idée que Yona fasse la connaissance de ce grand homme. Je ne comprends pas pourquoi ça crée une telle agitation intérieure de rencontrer en vrai des "people" (dans ce cas précis, un génie). Sont-ils nos héros mythiques ? Ou est-ce que c'est parce que cela nous donne l'occasion de frimer auprès des copains ? J'ai raconté dix mille fois mon voyage en avion, Nice-Milan, assise à côté de Gina Lollobrigida, le Nice-Paris à la droite de Rostropovitch, un autre Paris-Nice à la gauche de Bernard Kouchner. La belle affaire. Ça me fait une belle jambe. Non ! Ça épate mes auditeurs. Les enfants me demandent toujours si je connais des gens célèbres : Bernard Friot, Catherine Louis,

Marie-Aude Murail, Hélène Vignal, Jacqueline Duhême, François Place, Corinne Lovera-Vitali, Pierre Bottero, Jeanne Benameur… et plus la liste s'allonge, plus s'allongent leurs visages ou leurs… belles jambes.

– Tu te rends compte, Yonette ? On va rencontrer Stephen Hawking !

La plus belle avec ses jambes de mannequin se fend d'une question :

– C'est qui ça ?

Je lui fais un bref résumé d'*Une brève histoire du temps* que j'ai effectivement lu sans rien piger. Je suis analphabète en sciences, malgré ma proximité avec les scientifiques. Et j'aimerais tellement savoir, comprendre. Trop tard ?

Je lui parle de *L'Univers dans une coquille de noix* que je n'ai pas lu. Et puis je me sens obligée de la préparer à la présence physique de ce physicien mondialement célèbre. Son livre sur le temps était un best-seller international. Mais ce qui l'a surtout rendu célèbre, c'est sa vie, sa maladie, sa façon unique de vivre avec sa maladie de neurone moteur. Né en 1942, à Oxford en Angleterre, Stephen Hawking ne fut jamais bien coordonné et son écriture était le désespoir de ses profs. De plus en plus maladroit à l'université, il alla voir son médecin de famille qui lui prescrivit des examens à l'hôpital. À vingt et un ans, il apprit qu'il avait une maladie dégénérative incurable. Tout d'un coup, il se vit comme un héros tragique. Avant la déclaration de sa maladie, il s'ennuyait dans la vie. Quand il se sut malade, la vie qui lui restait sembla subitement précieuse. Il se mit au travail, se maria et eut trois enfants. Jusqu'en 1974, il put manger seul, entrer et sortir du lit. En 1985, après une trachéotomie, il lui fallut une aide médicale vingt-quatre heures sur vingt-quatre. Sa parole se brouilla puis s'arrêta. Aujourd'hui il communique à l'aide d'un ordinateur avec un synthétiseur de parole.

Chez Éléonore, des connaissances de la plage étaient installées autour d'une table devant la baie de Cargèse, mais surtout il y avait les aides de Stephen Hawking. Il était arrivé dans une camionnette, avec deux chauffeurs, un technicien, un infirmier, sa fille, son petit-fils, la *nanny* du petit-fils. Stephen est assis dans son fauteuil roulant avec toute sa machinerie sophistiquée pour synthétiser sa parole au cas où quelqu'un la lui stimule.

C'était une scène d'enfer : la mer chimérique et scintillante, le jardin si bien entretenu par

Paul-Édouard, le ciel encore bleu sans nuage, un vent léger comme une caresse, le tout dans une paralysie encore pire que celle de Stephen. Personne n'avait encore trouvé la hache pour briser la glace. Yona me lance son ordre habituel par un regard qui signifie : “Ne te fais surtout pas remarquer !” Je suis mal. La démangeaison dans mon cerveau quand le silence dure trop longtemps me pousse à l'action. Je jette un regard furtif sur le grand homme. Il n'est pas beau à voir avec une tête qui semble tenir sur le corps par un fil défaillant comme si, d'une minute à l'autre, elle allait tomber et rouler par terre devant nos yeux.

Je suis gênée d'exposer ma Yonette à ce spectacle. Puis je fixe cet homme, franchement. Et je lui demande :

– Sur quoi travaillez-vous en ce moment ?

Il m'entend. Il me fait un grand sourire. C'est quoi, après tout, un homme ? Il ne marche pas, il ne parle pas, il ne bouge pas, mais il pense donc il est.

Son sourire se fige et, après quelques minutes d'attente, une voix d'outre-tombe m'annonce qu'il vient de terminer le premier volume d'un livre pour enfants.

Tout le monde m'envoie des regards de gratitude comme si Dieu m'avait mise sur terre pour l'unique raison de poursuivre cette conversation. Qui mieux que moi pourrait parler de la littérature de jeunesse ?

Il y a comme un soupir collectif de soulagement.

– Premier volume ? je demande. Y en aura-t-il sept comme *Harry Potter* ?

À l'évocation de son héros, Yona se réveille. Elle l'a lu et relu. Elle le connaît par cœur. Elle aurait continué sa vie entière à lire ces sept volumes s'il n'était pas arrivé sur le marché les quatre volumes vampiriques. Elle les a lus dans les deux langues. Est-ce que tous les chemins mènent à Proust ?

Le sourire de Stephen s'ouvre sur des dents de toutes les couleurs et de toutes les formes. La voix proclame :

– Onze volumes.

– Mieux que J. K. Rowlings alors !

Sa fille, une belle blonde gentille et douce, me dit qu'ils l'écrivent ensemble. C'est *Georges et les secrets de l'univers*.

Ces onze volumes, si seulement ils pouvaient m'apprendre les secrets de l'univers, au moins un !

Notre lent et laborieux va-et-vient continue. Le livre va sortir simultanément en anglais et en français. Cet homme qui ne marche pas, ne bouge pas, ne parle pas, semble passionné par son projet. Est-ce la passion qui fait l'homme ? Il est pleinement conscient. On est de grands amis. Mais j'aimerais lui demander comment il se sent dans ce corps malade, quel est son plus grand plaisir, sa plus grande peur, son regret, son meilleur souvenir, son pire échec, son espoir…

Je lui demande plutôt si je peux faire une photo de lui avec ma petite-fille qui adore la physique.

– Ça va vous coûter cher, me dit la voix, et le sourire.

Yona a l'habitude de saboter toutes mes photos soit en faisant une grimace soit en masquant son visage de ses mains, ou en baissant la tête. Je la tuerais. Mais là, elle semble coopérer. On va l'envoyer à *Paris Match* ! Ou à ses parents au cas où elle se perde en mer de nouveau.

La soirée qui a démarré difficilement est enjouée et arrosée. L'appareil numérique que mes collègues m'ont offert pour ma retraite est bourré de photos de la Yonette et le Stephen en amoureux. Peut-être qu'un jour elle sera heureuse d'avoir cette photo. Pour l'instant, elle se contente de manger le couscous d'Éléonore. Pas de tomates dans le couscous !

Elle aime goûter le vin. Je la soupçonne de vouloir aller plus loin que l'envie de goûter. C'est son lien avec Dan, grand amateur de vin. Elle lui décrit le goût avec une précision lyrique. Dan pense qu'elle a un avenir comme œnologue. Ça me plaît bien comme métier, mais pas autant que chocologue.

Dan et Nicole sont contents que j'existe pour poser toutes ces questions indiscrètes qu'ils n'osent pas poser. Ils m'ont invitée chaque fois qu'un de leurs enfants présentait un nouveau candidat à leur affection éternelle. Je grillais le malheureux pendant que Dan grillait le poisson.
Ils sont contents que j'aie sauvé la soirée. Moi, je suis contente qu'ils soient contents, mais je ne sais rien de plus sur les trous noirs, le big bang, la théorie du tout. Yona est contente simplement que la soirée soit terminée. Encore un jour de passé avec sa grand-mère. Demain la plage !

Mais il pleuviote, c'est tout gris. Yona accepte donc de venir faire notre petite tournée matinale avec Dan et moi en "ville". D'abord un jus d'orange pressé frais sur la terrasse devant la baie, les églises, l'une grecque et l'autre latine, face à face. Un store bariolé nous protège et Yona demande entre deux gorgées :

– C'est quoi, les Corses ?

Un voisin de table n'hésite pas à donner une explication au-delà de nos attentes, sans doute un prof en vacances qui a étudié les guides.

Yona est pleine d'énergie. Elle a oublié son portable et elle est libre de focaliser son intérêt en la vie sur autre chose. De temps en temps, c'est vrai, elle s'intéresse aux choses, elle pose de bonnes questions, elle creuse. Elle a donc quelques-uns de mes gènes ! Est-ce qu'elle va s'intéresser aux peuples ? Aux Étrusques, aux Sumériens, aux Arméniens, aux Azéris, aux Chichimèques, aux Iroquois, aux Kurdes, aux Mizrahis, aux Zoulous ?

Elle fixe les deux églises et demande :
– Pourquoi DEUX grandes églises pour un petit trou comme Cargèse ?
Le voisin est dans toute sa gloire – il a attendu toute sa vie pour briller ainsi. Et il se lance dans une longue explication compliquée. Moi, je décroche. La chouette Yonette écoute attentivement.
Elle réussit à formuler une autre question :
– Les gens croient à quoi alors ?
Ma brillante petite-fille ! Est-ce qu'elle va s'intéresser aux religions ? Au bouddhisme, à l'animisme, au shintoïsme, au zoroastrisme, au rastafarisme ?
– Avec le temps, de nombreux villageois furent convertis au rite latin. Les deux rites coexistent encore de nos jours. Les deux églises ont un seul prêtre.
Yona semble aimer cette image de paix dans

ce monde en guerre : croisades, massacres, terrorisme, tout pour imposer un dieu ou un autre.

– Comment savez-vous tout ça ?

Elle veut vérifier l'authenticité de l'explication.

– J'ai lu le guide.

Il nous montre son livre vert.

– Bennn, merci ! dit ma petite-fille parfaite, fierté de ma vie, ma petite-fille savante qui pose de bonnes questions.

Nicole nous a raconté l'histoire de deux physiciens, l'un arabe, l'autre juif, qui ont partagé le prix Nobel de physique. Le premier demande au second : “Pourquoi y a-t-il tant de prix Nobel juifs ?

– Je ne sais pas, dit le second, je sais seulement que quand je rentrais de l'école, ma mère ne me demandait pas « Comment s'est passée ta journée ? », elle me demandait :

« As-tu posé de bonnes questions aujourd'hui ? »" Ma petite-fille : futur prix Nobel ? On continue notre grande tournée. Entre la terrasse jus d'orange et la terrasse café noisette, Yona voit le t-shirt qu'elle convoite. Je suis prête à lui acheter une veste tissée d'or. Mais elle veut cette loque noire macabre avec le drapeau corse : cette tête de Maure avec le bandeau blanc qui entoure le front. Sa mère va me tuer. Quand Yona adopte un vêtement, elle le met tous les jours. Si c'est le drapeau corse jusqu'à l'année prochaine, c'est dur quand même. Il y a un petit texte imprimé sur l'étiquette avec le prix (exorbitant) : "C'est Pascal Paoli qui l'a imposé comme emblème de la nation corse. Avant, le bandeau était sur les yeux, mais il l'a relevé en disant : « Les Corses veulent y voir clair. La liberté doit marcher

au flambeau de la philosophie. Ne dirait-on pas que nous craignons la lumière ? » ”
On conclut l’affaire en se procurant le t-shirt noir. Elle est contente. Je suis contente qu’elle soit contente. Dan est content que l’on ait fait ça vite. Elle est toujours reconnaissante, pas du genre pourrie gâtée, quand on fait quelque chose pour elle. Elle dit toujours cet inattendu et tant attendu merci.
On boit le café ponctué par quelques bonjours des amis de Dan, paniers au bras, journal dans l’autre. Puis on achète le *Herald Tribune*. *Le Monde* vient par la poste. On opte pour un poulet rôti pour ne pas trop se compliquer la vie à midi. Yona est ravie. Pas de tomates en vue. Dan nous fait faire une visite sur les petites routes qui mènent à la mer.

On passe devant une propriété que Dan annonce comme étant celle des Colonna. S'ensuit toute une discussion sur l'affaire Érignac. Yona semble en être passionnée. Et moi aussi avec mon goût pour le crime et les romans policiers.
Et si les enfants tournent mal ? Le père d'Yvan Colonna est toujours à ses côtés. Jusqu'à son dernier soupir, il croira que son fils est innocent. D'ailleurs Yvan Colonna clame toujours son innocence.

Nous sommes tous pensifs en rentrant. Yona aide à mettre la table. Le repas est paisible grâce à l'absence de guêpes et de tomates. Curieusement, je suis crevée, mais c'est Yona qui tombe au milieu du lit avec un des guides de Corse de Dan. Oh ma divine petite-fille avec sa curiosité intellectuelle.

Je m'écroule sur le quart du lit disponible avec un policier.
– C'est un nouveau ? Tu as déjà fini ton gros livre d'hier ?
– Oui.
– C'était bien ?
– Oui.
– Résumé ?
– Je ne me rappelle déjà plus.
– Depuis hier ?
– L'ostéoporose du cerveau !
Ce n'est pas une blague.
Ça fait un moment que tout se passe pour moi en "*real time*", en temps réel, sur le coup. Je lis toujours avec le même plaisir, la même délectation, excitation, admiration, mais ne me demande pas ce que j'ai lu le mois passé, la semaine dernière ou hier. Les personnages se sont évanouis, les titres

envolés et les pauvres auteurs qui ont peiné, mot après mot, page après page, insomnies comprises, qui ont trituré leurs têtes, collé leurs fesses, qui se sont isolés, seuls face à l'infinité des feuilles, eh bien, leurs noms se sont évaporés aussi. Les titres des films, les paroles des chansons, les dates, disparus ! Quelquefois, je lutte toute une nuit pour faire resurgir le nom d'un de ces fantômes.

– Alors, pourquoi tu perds ton temps à lire ?

– Pour le plaisir ! Et puis quelque chose reste : je sais toujours si j'ai aimé ou pas aimé tel ou tel livre, tel ou tel auteur.

– Mais à quoi ça sert ?

– Et tes jeux, et tes SMS, à quoi ça sert ?

– Je communique !

– Communique plutôt avec moi, je suis là ! Ici ! Devant toi !

Elle réfléchit avant d'avoir LA grande idée.
– Je t'envoie un SMS alors…
Puis elle se jette sur moi et m'embrasse et l'on se fait des câlins. Quel meilleur moyen de communication ?

Dan a invité toute la plage à dîner, y compris les copains de Yona. Elle prépare la table "ado". Pour des raisons topologiques, il y a une table pour chaque génération.
Elle est une parfaite hôtesse, prend en charge sa table comme un maître d'hôtel d'un trois étoiles, sert, complimente Dan sur son bœuf mariné, félicite Nicole pour ses pommes de terre au four. Leur table, contrairement aux stéréotypes des ados moroses, est aussi animée que la nôtre, et ce sans l'aide du vin.

Elle est présente aussi pour le nettoyage à la fin de la soirée, joviale, rieuse, enjouée. Dans ces moments, je prie je ne sais pas qui, mais une prière articulée, profonde, grave. Que toute sa vie soit ainsi : joyeuse, enthousiaste, passionnée, énergique, qu'elle participe, qu'elle résiste, qu'elle avance, qu'elle distingue le bien et le mal, qu'elle sache ce qu'elle veut, qu'elle y aille, qu'elle laisse sa marque, qu'elle connaisse l'amitié, l'amour, qu'elle remplisse la promesse de ce bon cerveau dans ce corps parfait, qu'elle s'épanouisse, qu'elle jubile, qu'elle partage, qu'elle soit stimulée, qu'elle lise, qu'elle écrive, qu'elle continue à jouer sa musique divine, qu'elle se rende utile, qu'elle fasse sa contribution, qu'elle se perpétue, qu'elle cherche, qu'elle se trouve, qu'elle console, qu'elle agisse, qu'elle aide, qu'elle soit aussi aidée, qu'elle pousse, qu'elle se pousse, qu'elle soit éblouie par la vie. Je suis toutes les bonnes fées en une seule, sa bonne étoile, son ange gardien, et son trouble-fête.

– Bon ! Ça suffit. Brosse-toi les dents et va te coucher.

Elle est trop fatiguée pour protester mais, une fois couchée, elle est frappée par un élan de "communication".

– Est-ce que vous vous embrassez avec Georges ?

– Bien sûr ! Qu'est-ce que tu crois ?

– Et il embrasse bien ?

– Bien sûr ! Qu'est-ce que tu crois ?

Est-ce que je lui dis que l'on apprend à tout âge, qu'une bouche s'adapte à l'autre, qu'une peau se colle à une autre ? Les lèvres sont une pompe d'amour qui fait infiltrer cette ivresse, cet embrasement. Et la pompe, même rouillée, même ralentie, marche encore.

– Et toi ? Tu as embrassé un garçon ?

– Babie !!! À ton avis ?

C'est une réponse ça ?

Pierre passe prendre un café. On peut se poser des questions, par exemple, c'est quoi la beauté, mais on ne peut qu'être certain de la beauté physique de cet homme. Je suis jalouse de sa crinière blanche. Si j'étais sûre d'avoir des cheveux blancs comme le sucre glace, je ne dépenserais plus des fortunes à les teindre. Mais on n'est pas égaux sur le plan capillaire et il n'y a pas de justice. Pierre est grand, mince, sportif, un visage de mannequin. Il est médecin spécialiste de la fertilité. Ces dernières années, il aide les hommes à réaliser leur souhait de changer de sexe. Je suis justement en train d'écrire un roman dans lequel une jeune fille devient un garçon. J'ai des questions à lui poser. Son travail est passionnant. Yona est à table avec nous à bidouiller des SMS avec une maîtrise et une vitesse incomparables. Mais il lui faut apparemment beaucoup de concentration. J'essaie de l'étrangler de mes yeux, mais elle ne me regarde pas. Je m'efforce de suivre les explications de Pierre. C'est difficile parce que Pierre parle très bas. En fait, je le vois remuer ses lèvres, un héros de film muet. J'ai honte de lui demander de parler plus fort comme je le rappelais à mes étudiants deux mille cinq cent soixante-quatorze fois par séance de cours à la fac. Si j'ai pris ma retraite à soixante ans, c'est que je ne les entendais plus, je ne les voyais plus, je ne pouvais plus lire les textes. Il fallait jongler entre mes lunettes de myope et celles de presbyte – le double foyer me faisait mal à la tête. Ménopause aidant, des bouffées de chaleur embuaient les deux paires de lunettes. Quand je ne vois pas, je n'entends pas, bien que je n'entende pas même si je vois ! J'étais rouge avec des perles de sueur qui dégoulinaient le long de mon front, je ressemblais à une rescapée de la douche froide, les cheveux plaqués sur ma tête comme une couronne ratée à l'envers. Je sortais de la salle de classe, comme une guerrière ayant survécu au pire des champs de bataille, et je me disais : "Je l'ai échappé belle !" Et puis je recommençais à m'angoisser pour le prochain cours.

Alors Pierre parle et j'écoute si fort que ça fait mal aux cheveux qui jouxtent le cerveau. Le téléphone portable est un convive qui nous nargue. Je voudrais les expédier, téléphone et fille, loin de la terre, surtout loin de moi. Pierre repart avec tous ses secrets que j'aurais aimé découvrir, quoique sa seule présence m'ait stimulée pour mon livre.

J'ai invité Dan et Nicole pour les récompenser de leur peine aux Roches Rouges, un restaurant que nous aimons pour sa table et sa vue éblouissante, presque aveuglante. En ce lieu, on ne se pose plus de questions sur la beauté.

Les calanques de Piana, site exceptionnel classé "Patrimoine mondial" par l'Unesco, ne sont peut-être pas sur la liste des sept merveilles du monde, mais elles le méritent. Yona ne supporte pas plus que sa mère à son âge mon enthousiasme débordant quand je m'exclame : *"Oh my god !"* et *"Oh my god !"* Je suis quand même une Amerloque ! Elle ne supporte pas non plus mon appareil numérique omniprésent depuis que mes collègues m'en ont fait cadeau pour ma retraite. Il est devenu l'annexe de mon journal intime. Dan nous prend devant les roches rouges. J'achète la carte postale du cœur qui troue les roches avec "En Corse, même les pierres ont du cœur !" inscrit entre le ciel bleu et ces roches rouges.

Selon la tradition, on prend l'apéro sur la terrasse. La mer remplit nos yeux. À l'intérieur, notre table devant la baie vitrée convient à ma princesse. Je sens son inquiétude pour commander un plat qui n'aurait pas été pollué par des tomates. On s'informe auprès du serveur qui nous rassure. Elle est contente de

tout ce qu'elle mange. Ouf ! Pas de tomates et pas de guêpes dans un monde parfait.
Et nous rentrons dans la Jeep décapotable de Dan à travers des routes tortueuses. Nicole, qui ne boit pas, conduit. Je chante à tue-tête avec Dan, nos chansons folk des années 1960. Yona me regarde comme si j'étais folle. Je le suis ! Folle de la vie ! Et j'espère tant tant tant qu'elle le sera aussi !
Le matin, elle est de nouveau hilare parce que nous partons. Moi non ! Je ne veux jamais aller où que ce soit, mais une fois que je suis là, j'y reste. Je déteste les départs. Tout remettre dans la valise, arracher Dan ou Nicole de la plage pour nous amener à l'aéroport, faire la queue pour s'enregistrer, passer la sécurité, attendre… se morfondre. C'est Dan qui est de corvée. La route est si belle, il ne peut exister de paysage plus

spectaculaire. J'aimerais le partager avec tous ceux que j'aime. Mais Yona est en train de "communiquer", tête baissée au lieu de la relever vers l'horizon au-delà de la mer. Je respire les derniers parfums de la Corse.

Dan nous dépose et d'un coup la vie semble sinistre et glauque, bien que le soleil corse brille aussi sur l'aéroport. Un bus du Club Med relâche son armée de pensionnaires. Ouf ! Ils vont à Paris.

Elle dit merci à Dan mais pas à moi. À moi, elle annonce : "J'ai faim !" Je panique en faisant le tour des boutiques peu achalandées. Il y a des sandwichs, mais pas un seul sans tomates.

– On enlève les tomates et tu manges, dit la grand-mère dans toute sa sagesse.

– Non, non ! C'est bon !

Elle soupçonne même les barres de chocolat sur lesquelles on se rabat.
Nous nous asseyons sur les fauteuils vissés sur le sol comme nos esprits à attendre l'embarquement. Je ne dis pas un mot.
– Pourquoi tu ne me parles pas ? demande-t-elle, inquiète.
C'est vrai. Je suis furieuse à cause de ces satanées tomates. Et j'oublie que moi non plus je ne pouvais pas blairer une tomate avant ma vingt-deuxième année et que c'est sans doute génétique car elle n'est, après tout, qu'une petite fille plus âgée que son âge et pas une adulte qui se contrôle, qui se réprime, qui se comprime et qui fait semblant d'être raisonnable.
Je me contente de dire :
– Tu es une peste !
Et du coup, c'est elle qui se ferme en rageant.

L'avion monte et descend. En quarante minutes, l'affaire est conclue. On rentre à la maison à Nice. Mes genoux font la fête en montant l'escalier.

Elle se fait des pâtes. Un cessez-le-feu s'installe. Elle m'embrasse.

– Merci, Babie !

Je l'embrasse aussi, ce cœur de mon cœur.

Elle demande :

– On y retourne l'année prochaine ?

## L'AUTEUR

Susie Morgenstern est la star des auteurs jeunesse. Elle a publié plus d'une centaine de romans et d'albums, dont le célèbre *La Sixième* qui s'est vendu à des dizaines de milliers d'exemplaires. Pour Actes Sud Junior, elle a exercé ses talents de chanteuse sur *Comptines de ma mère l'Oie*, de conteuse sur *Le Don* (livres-CD) et a publié *Le Cadeau de fin d'année* (roman cadet).

http://susie.morgenstern.free.fr

## DANS LA MÊME COLLECTION :

GILLES ABIER
Le jour où je suis devenue mytho
La piscine était vide

JEANNE BENAMEUR
Le Ramadan de la parole

JEAN-PHILIPPE BLONDEL
Un endroit pour vivre

BERNARD FRIOT
Rien dire

VIRGINIE JOUANNET ROUSSEL
Vestine, une légende noire

AHMED KALOUAZ
Si j'avais des ailes

VINCENT KARLE
Un clandestin aux Paradis

BORIS LE ROY
Ma première fois

MALIN LINDROTH
Quand les trains passent…

WAJDI MOUAWAD
Un obus dans le cœur

JEAN-MICHEL RIBES
Monsieur Monde

CARINE TARDIEU
Je ne suis pas sœur Emmanuelle

ANCA VISDEI
Je ne serai pas une femme qui pleure

NADIA XERRI-L.
Julie telle que

CATHY YTAK
50 minutes avec toi
Rien que ta peau

CATHERINE ZAMBON
Kaïna-Marseille

Achevé d'imprimer en octobre 2010
par l'Imprimerie Floch à Mayenne pour le compte des éditions
ACTES SUD, Le Méjan, Place Nina-Berberova, 13200 Arles.

Dépôt légal - 1re édition : avril 2010 - N° impr. : 77975
*(Imprimé en France)*